Sabine Grimm

Dramatische Burggeschichten

zum Vor- und Selbstlesen

Kinder, hört Euch Märchen an,

es ist mehr als ein Funke

Wahrheit dran.

Herstellung und Verlag:
BoD - Books on Demand; Norderstedt

ISBN 9783735778956
Illustrationen s/w und farbig

Copyright (2014)
Alle Rechte beim Autor
Cover by Sabine Grimm

Vorwort

Liebe kleine und große Märchenfreunde!

Die Märchenfiguren, die Euch in diesem Buch begegnen, sind bei der Rauschenburg in Olfen, im Münsterland, zu Hause. Märchenhafte Prinzessinnen, tapfere Prinzen, ein Drache und andere phantastische Märchenfiguren, werden um die schon viele Jahrhunderte wildromantisch, wie verwunschen daliegende, Schlossruine lebendig. Das lange Zeit leer stehende und im Dornröschenschlaf befindliche Schloss mit seiner bewegten Geschichte als prächtige Residenz für manchen Adeligen, bot durch Lage, Architektur und Historie genau die Kulisse für den Schauplatz, an dem sich die aufregende Schatzsuche zugetragen haben musste.

Wie fast alle alten Burgen und mittelalterliche Ruinen, ist auch die Rauschenburg an der Lippe ein sichtbares Zeugnis vergangener Epochen mit historischer Bedeutung.

Die Römer waren in der Zeit von 11 bis 7 vor Christus im heutigen Olfen unterwegs und kontrollierten den Flussübergang über den Lippefluss, eine wichtige logistische Landmarke der römischen Eroberer, deren Schutz die Rauschenburg seit ihres Bestehens mit übernahm. Seit dem Hochmittelalter bis in die Neuzeit gehörte die im 11. Jh. erstmals erwähnte Rauschenburg zum Hochstift Münster und befand sich im sog. Hexenkessel des westfälischen Vierländerecks, in dem die Interessen von vier Landesherren aufeinanderprallten, die der Bischöfe von Münster, der Grafen von der Mark, der Grafen von Dortmund und der Bischöfe von Köln, die über das Vest Recklinghausen herrschten.

Im 14. Jh. n. Chr. war der Bischof von Münster in die Grafschaft Mark eingefallen und fügte der märkischen Umgebung durch Plünderungen und Brandschatzungen sehr großen Schaden zu. Die Angreifer wurden von den märkischen Rittern zurückgetrieben und bei der Rauschenburg an der Lippe geschlagen. Ritter führten damals ein sehr stressiges Leben. Immer wieder kam es zu heftigen Unruhen. Auch im 16. Jh. ließ eine

Fehde die Gegend um die Rauschenburg zum Schauplatz feindlicher Zusammenstöße werden und den Boden um die Burg erzittern.

Auf diesem historischen Fleckchen Erde, wo einst die Ritter von der Rauschenburg herrschten, hat man heute die Möglichkeit, sich eine gemütliche Kaffeepause mit einem frischen Stück Kuchen zu gönnen, im Hofladen der Familie Tenkhoff, die schon seit Generationen an der Rauschenburg beheimatet ist. Heute steht die Rauschenburg nicht mehr für Ritterkriege, sondern für Spargel und Erdbeeren. Ihr Name ist jetzt mit dem beliebten, dort angebauten Rauschenburger Spargel und den Rauschenburger Erdbeeren verbunden. In den ehemaligen Wirtschaftsgebäuden der Burg befindet sich der Spargelhof Tenkhoff. Während der Spargelzeit hat man im dortigen Hofladen die Möglichkeit, sich neben umfassendem Gemüse, Brot, Eiern und Wurstwaren, täglich auch mit leckerem, frischem Spargel, und während der Erntezeit mit frischen, fruchtigen Erdbeeren einzudecken. Es gibt dort alles, was zum Einkaufen auf dem Bauernhof dazu gehört. Auch ein guter Tropfen Wein wäre nicht zu verachten, der dort zum Genuss erworben werden kann. Wenn der Spargel wächst und als erster kulinarischer Frühlingsgruß von den Feldern rund um die Rauschenburg geerntet wird, lädt Stefanie Tenkhoff zum beliebten Spargel-Event in ganz besonderem Flair ein. Denn dann heißt es wieder: Gala-Dinner und Spargel-Buffet an verschiedenen Tagen, zu dem auch die frisch geernteten Rauschenburger Erdbeeren u. a. für die Dessert-Variationen gereicht werden. Infos und Karten gibt es zur eröffneten Spargelzeit im Hofladen Tenkhoff.

Was aber geschieht, wenn die Phantasie von Zeit zu Zeit in geheimnisvollen Bildern durch längst vergangene Welten erhabener Orte streift, und wenn alte Schlösser und Burgen uns ferne, unbekannte Zeiten und phantastische Persönlichkeiten offenbaren?

Die Rauschenburg ist einer dieser magischen Orte. Man muss nur ganz genau hinschauen, dem Wind lauschen und dabei seiner Phantasie freien Lauf lassen.

Rauschenburg

Der Drache bei der Rauschenburg

Bei der Rauschenburg, nahe dem Lippefluss, gab es vor vielen Jahren einen purpurfarbenen Drachen. Er besaß einen langen Schwanz, vier Füße mit riesigen Klauen, hatte fast undurchdringliche Schuppen wie ein Fisch und einen massigen, gehörnten Kopf mit scharfzahnigem Maul. Der furchterregende Gigant, so groß wie zwei Elefanten, mit der Ähnlichkeit eines hoch aufgerichteten Krokodils, schaffte es, mit seinen vier kräftigen Beinen erstaunlich schnell zu rennen. Die größten Entfernungen überwand er aber im Fluge, denn er konnte fliegen wie ein Vogel. Er ernährte sich von Lavagestein aus der Vulkaneifel. Ein Vulkan bricht aus, wenn flüssiges Gestein in einer Höhle tief im Inneren der Erde unter dem Vulkan heiß wird und, nachdem die Höhle gefüllt ist, durch einen Spalt nach außen tritt, oder wenn Trolle, die in unterirdischen Steinhöhlen leben, ihren Hausputz machen. Immer dann, wenn die Erde Feuer spuckte, trat die Vulkanlava aus, und der Drache flog vom Lippefluss bis zur Eifel. Dort schnappte er sich die steinernen Happen oder fischte sie sich aus den Lavaseen. In kürzester Zeit legte er die weitesten Entfernungen zurück. Doch er konnte auch monatelang ohne Nahrung auskommen und in seinem Bau verweilen. Ganz nebenbei schaffte er es auch noch, wie eine Schlange zu kriechen und zu schwimmen wie ein Fisch. Wenn er mit seinen riesigen Pranken in den Fluss sprang, spritzte so viel Wasser heraus, dass es tagelang regnen musste, damit er sich wieder füllte. Der Drache machte sich durch laute, rasselnde Schnarchgeräusche, hin und wieder durchdringendes Geschrei und Feuerspeien bemerkbar. Die Menschen erzählten sich furchterregende Geschichten über ihn, dass er ein menschenfeindliches Ungeheuer sei, das die fruchtbringenden Wasser zurückhält und Sonne und Mond zu verschlingen droht. Außerdem hole er sich rücksichtslos alles, was ihm gefiel oder Nutzen brachte.

In früheren Zeiten war die Bewaldung sehr viel umfangreicher und dichter als heute, weil es viel weniger Menschen und kaum Bebauung in der

Landschaft gab. Tief im Wald hauste der Drache in einer Höhle und bewachte seinen Drachenhort, wo er wertvolle Schätze hütete. Darum nannte man den Busch bei der Rauschenburg in frühen Zeiten auch *Drachenwald*.

Wenn jemand sich seinem Hort näherte, spie der Drache mächtig Feuer, und der Drachenwald war an vielen Stellen durch abgeknickte Bäume und Brandschneisen gezeichnet. Die Bewohner des Landes hofften, dass der Drache eines Tages von einem mutigen Ritter im Kampf besiegt und getötet würde, um die Welt vor ihm zu retten. Während der Ritterzeit lebten auch auf der Rauschenburg über viele Jahre Ritter. Doch keiner von ihnen fand den Mut, sich dem Drachen beherzt entgegenzustellen.

In der Rauschenburg wohnte ein bildschönes, junges Mädchen. Es war die holde Prinzessin Katharina, die zu einem uralten Westfälischen Adelsgeschlecht gehörte.

An einem strahlenden, sonnigen Tag spazierte sie am Flussufer entlang. Sie trug ein langes, silbriges Kleid und um ihren Hals eine weiße Perlenkette. Die Sonnenstrahlen funkelten mit ihrem glitzernden Kleid und den Perlen um die Wette. Vergnügt pflückte sie Blumen von der Wiese und summte dabei ein Lied. Eine wunderschöne Blüte unten am Wasser erregte ihre besondere Aufmerksamkeit. Um sie zu pflücken, musste sie ganz nah an den Fluss herantreten. Vorsichtig setzte sie einen Fuß vor den anderen. Plötzlich verdunkelte ein riesiger Schatten die Sonne, breitete sich über Katharina aus, und es wurde finster und kühl. Die Prinzessin blickte nach oben und erschrak. Am Himmel erschien eine riesige, dunkle Gestalt. Der Drache flog mit weiten Schwingen über das Land. In ihrer Aufregung rutschte sie von der Uferböschung ab und fiel in den Fluss. Katharina konnte zwar schwimmen, doch ihr langes Kleid verhedderte sich unter Wasser zwischen Steinen und Wasserpflanzen. Verzweifelt riss sie an ihrem Kleid und versuchte, es zu befreien und hervorzuziehen. Dabei tauchte sie immer wieder unter, weil es ihr nicht gelang, sich mit nur einer Hand über Wasser zu halten. Längst hatte sie viel zu viel Wasser geschluckt. Allmählich schwanden ihre Kräfte, so dass sie es nicht einmal mehr schaffte, laut um Hilfe zu rufen. Nur noch ein schwaches Flüstern kam über ihre Lippen: „Helft mir doch."

Katharinas älterer Bruder, Prinz Maximilian von der Rauschenburg, kam gerade zu Pferd nach Hause. Er richtete seinen Blick über den Wassergraben zur Rauschenburg und darüber hinaus auf die Lippeauen. Die Aussicht, die sich ihm bot, war atemberaubend schön. Langsam ritt er in die Burg ein. Durch die plötzliche Verdunklung des Himmels aufmerksam geworden, blickte er nach oben und erkannte den Drachen, der sich bedrohlich der Burg näherte. Er zog sein Schwert, um gegen den Drachen zu kämpfen. Doch plötzlich verlangsamte das Ungeheuer seinen Flug und schwebte über dem Fluss. Es schien darin etwas erspäht zu haben. Da erst bemerkte der Prinz, dass jemand im Wasser zappelte und wild um sein Leben kämpfte. Voller Mut und um zu helfen, ritt er in rasender Eile zum nahen Flussufer. Doch bevor er es erreichte, legte der riesige Drache über ihm die Flügel an, stieß nach unten, ergriff mit seinen Klauen die Prinzessin und flog mit ihr, hoch durch die Lüfte, davon.

Vor Entsetzen über die unfreiwillige Bekanntschaft mit dem Drachen, von dem sie schon so viele schlimme Geschichten gehört hatte, war die

Prinzessin ohnmächtig geworden. Das Ungeheuer brachte sie in den Wald und setzte sie vorsichtig in seinem Hort ab.

Als Prinzessin Katharina die Augen aufschlug, sah sie in ein großes braunes Augenpaar, das sie voller Interesse anblickte. Sie erkannte den Drachen und ihr wurde klar, in welcher hoffnungslosen Situation sie sich befand.

„Bitte tu mir nichts.", flehte sie. Tränen rannen über ihr Gesicht.

Der Drache legte sein Haupt auf seine krummen Klauen, schaute sie aufmerksam an, und aus seinen Nüstern sprühten rote Feuerfunken. Dabei grunzte er unheimlich. Die Prinzessin erschrak fürchterlich. Doch da schloss der Drache seine Augen und schien einzuschlafen. Daraufhin beruhigte sie sich etwas und trocknete ihre Tränen. Sie sah sich um und entdeckte neben sich einen Höhleneingang aus dem ein golden leuchtender Schein drang. Es war der Eingang zur Schatzkammer, die der Drache bewachte. Doch keine Schätze der Welt interessierten Prinzessin Katharina. Sie wollte nur schnell wieder nach Hause. Vorsichtig und leise erhob sie sich, um zu fliehen. Auf Zehenspitzen entfernte sie sich schleichend. Das nasse Kleid klebte an ihrem Körper und erschwerte die Flucht. Der Waldboden unter ihren Füßen war weich und leise, aber Äste knickten geräuschvoll um und zerbarsten. Sie hoffte, dass der Drache schliefe und nicht aufwachen würde, damit er sie nicht verfolge. Ängstlich sah sie sich noch mal um. Das Ungeheuer lag da und schlief. Doch plötzlich öffnete der Drache seine Augen. Er richtete seinen Blick starr auf sie, und ihr war, als ob ein Schluchzer aus seinem unheimlichen Maul entwich. Mit einem Satz war das Ungeheuer neben ihr und brachte sie zurück in seinen Hort. Da saß sie nun und war gefangen. Der Drache hockte ihr gegenüber und bewachte sie und den Schatz. Verstohlen beobachtete Katharina ihn aus ihren Augenwinkeln. Erstaunt bemerkte sie, dass er gar nicht so hässlich war, wie ihn die Leute immer beschrieben hatten und dass man sich an seinen Anblick wohl gewöhnen könnte. Durch seine Größe war er unheimlich und furchterregend, doch sein Blick erschien ihr außergewöhnlich treu und liebevoll. Während sie noch so nachsann und dachte, dass so ein sanfter Blick nicht zu einer Bestie passte, überfiel sie eine bleierne Müdigkeit. Die Prinzessin schloss erschöpft die Augen und schlief ein. Sie schlummerte so tief und fest, dass sie erst am nächsten Tag wieder erwachte. Als sie die Augen öffnete, erblickte sie erstaunt mehrere fein gesäuberte Maiskolben und eine schöne Blume neben sich. Katharina war sehr hungrig und verzehrte die Maiskolben mit großem Appetit. Der Drache beobachtete sie dabei mit Genugtuung.

„Woher kommt denn die schöne Blume?" fragte Katharina den Drachen, der kurz nickte und Feuerfunken aus seinen Nüstern spie. Katharina ging in Deckung. Sie überlegte, was nun werden sollte. Gern hätte sie gewusst, was der Drache mit ihr vorhatte. Sie konnte sich nicht mit ihm unterhalten. Das war gefährlich, weil er als Antwort Feuer spie. So verbrachte sie Tage und Nächte in der Drachenhöhle und wurde liebevoll mit Maiskolben versorgt, die der Drache beschaffte, während sie schlief. Zu jeder Mahlzeit schenkte er ihr eine frische Blume.

Maximilian von der Rauschenburg hatte seine Brüder Alexander und Sebastian alarmiert, und die drei Brüder mobilisierten alle mutigen Ritter, die sie finden konnten, ihnen zu folgen, um den Drachen zu töten und die Prinzessin zu befreien. Am vierten Tag nach dem Verschwinden von Prinzessin Katharina machten sie sich bei Sonnenaufgang zu Pferd, mit ihren Schwertern auf den Weg durch den Drachenwald, die Drachenhöhle zu stürmen.

Als sie vor der Höhle ankamen, hörten sie die Prinzessin darin singen und erkannten erleichtert, dass sie lebte und sich in der Drachenhöhle befand. Die Ritter sprangen geräuschvoll von ihren Pferden. Das hörte der Drache. Laut grunzend kam er aus der Höhle heraus und spic Feuer. Da stürzten sich die Männer mit vereinter Kraft auf ihn und verletzten ihn mit ihren Schwertern stark. Der Drache wehrte sich nicht und griff sie nicht an. Er versuchte, die Schwertangriffe mit seinen Klauen abzuwehren. Doch es gelang ihm nicht, die Schwerter trafen ihn ins Mark. Bald schwanden seine Kräfte, und er brach mit einem sehr lauten, markerschütternden Wehmutsschrei zusammen. Als die Prinzessin diesen durchdringenden, qualvollen Schrei vernahm, kam sie erschrocken aus der schützenden Höhle heraus. Sie erblickte das Kampffeld, ihre Brüder, die Ritter mit ihren blutigen Schwertern und sah, dass der Drache verletzt und regungslos auf dem Boden lag.

„Katharina! Komm schnell, wir bringen dich nach Hause!" rief Sebastian ihr zu.

Die Prinzessin schrie: „Was habt ihr ihm angetan?" Sorgenvoll beugte sie sich zu dem regungslosen Drachen herab. Der Drache öffnete seine treuen Augen, und sie erkannte, dass er noch lebte. Sie rief ihn an: „Geh nicht fort, bleib hier!" Dabei streichelte sie seinen massigen Kopf. Der Drache stöhnte vor Schmerzen. Da beugte die Prinzessin sich noch tiefer über ihn.

„Nein, Katharina! Tu es nicht!" riefen ihre Brüder. Doch Katharina ließ sich nicht beirren. Sie gab dem Drachen einen Kuss. Erschrocken blickte sie nach dem Kuss auf den verletzten Drachen, der sich plötzlich vor allen Umstehenden entblätterte. Er entstieg seinem panzerartigen

Körper, in dem zahlreiche Schwerter steckten. Heraus trat ein bildschöner junger Mann, der ganz und gar unversehrt war. Katharinas Brüdern und den umstehenden Rittern fielen vor Schreck die Waffen aus der Hand. Wortlos beobachtete Prinzessin Katharina diese unbegreifliche Verwandlung. Da trat der schöne Jüngling auf sie zu, nahm ihre Hand, sah ihr tief in die Augen und sprach: „Ich war ein verwunschener Prinz und heiße Edmund von der Drachenburg. Es gab eine Fehde zwischen meinem Vater, dem Fürsten von der Drachenburg, und dem bösen Zauberer, der mich in den Zustand eines Drachen versetzte. Mein Vater hatte eine Fee beauftragt, den Zauber zu lösen. Sie aber sagte, dass ich nur dann Rettung finden könnte, wenn eine holde Jungfrau den Mut aufbringen würde, einen hässlichen Drachen zu küssen. Ihr habt mich erlöst, Prinzessin Katharina. Zum Dank dafür schenke ich Euch und Eurer Familie den Goldschatz, den ich die ganze Zeit bewachen musste."

Er führte Katharina und ihre Brüder in seine Höhle. Alle waren zutiefst geblendet von dem vielen Gold, das ihnen entgegenblinkte und hell erstrahlte. Danach nahmen die Prinzenbrüder ihre Schwester Katharina und Prinz Edmund mit auf die Rauschenburg. Prinz Edmund schickte einige Ritter zur Drachenburg, zu seinem Vater, damit sie ihn über die Erlösung seines Sohnes in Kenntnis setzten und ihm die Nachricht überbringen sollten, wo er sich aufhielt. Prinzessin Katharina wollte ihn in ihrer Nähe wissen und lud ihn ein, auf der Rauschenburg zu bleiben. Da ging Prinz Edmund vor ihr auf die Knie, nahm ihre Hand und sagte: „Liebste Katharina, ich möchte, dass du meine Frau wirst. Komm mit mir auf die Drachenburg. Meine Eltern werden sich sehr freuen, dich kennenzulernen."

Katharina fiel ihm um den Hals und küsste ihn. Noch am selben Tag hielt Prinz Edmund beim Fürsten von der Rauschenburg um die Hand Katharinas an. Dem Fürsten war dieser wohlhabende Prinz für seine Tochter äußerst recht und er freute sich sehr über den Goldschatz, den der zukünftige Gemahl seiner Tochter mit in die Ehe und ritterwürdige Familie brachte. Der Fürst und die Fürstin von der Drachenburg reisten, voller Erwartung, ihren schmerzlich vermissten

Sohn endlich wiederzusehen, ins Münsterland, zur Rauschenburg. Dort platzten sie direkt in die Hochzeitsvorbereitungen hinein.

Es wurde ein großes Fest gefeiert. Jeder war froh, dass der Drache niemanden mehr beunruhigen konnte. Den Schatz aber versteckten die Rauschenburger Ritter gut. Sie bedeckten ihn mit einer großen und dicken Steinplatte, die mit einem purpurnen, goldenen Drachenwappen geschmückt war. Schon oft hat man nach dem Schatz gesucht, doch bisher wurde er noch nicht gefunden.

Prinz Edmund und Prinzessin Katharina liebten sich sehr und führten eine glückliche Ehe. Sie bekamen zwei Prinzessinnen und drei Prinzen, die dieses Glück besiegelten. Diese Kinder waren fortan ihr größter Schatz.

Rauschenburg 1908

Eichhörnchen Perry im Glück

Es war im Vorfrühling des Jahres 1908. Auf dem Bauernhof nahe der Rauschenburg hatten die Kinder ein Eichhornweibchen gefangen und mit nach Hause genommen. Sie nannten es Perry. Der Winter hatte Perry sehr angestrengt und ihre Lebensgeister eingeengt. So war es für die Kinder ein leichtes Spiel, als sie Perry ihrer Freiheit beraubten. In der Scheune setzten sie das Eichhörnchen in einen alten Hamsterkäfig mit Drehrad, das als Spielzimmer für Perry gedacht war. Darin sollte das Tierchen herumklettern und sich im Kreise herumschwingen. Die Kinder bereiteten ein weiches Lager mit Laub, stellten eine Schale Wasser hinein und legten einige Haselnüsse dazu. Alle Hofbewohner freuten sich sehr über das kleine, hübsche Tierchen mit dem buschigen Schwanz, den klugen, neugierigen Augen und den winzigen Füßchen, das so putzig an den Nüssen nagte, die es niedlich zwischen den kleinen Pfötchen festhielt. Neugierig beobachteten sie Perry und wunderten sich, dass das

Tier die dargebotenen Möglichkeiten nicht annahm, sondern stattdessen immer mehr fast teilnahmslos in der Ecke hockte.

Es war Wochenende. Auf der Rauschenburg in der Nachbarschaft fand ein großes Fest statt, zu dem alle Hofbewohner geladen waren. Sie feierten den ganzen Tag, und als sie spät abends heimkamen, fielen alle todmüde ins Bett. Nur die Großmutter, die als einzige nicht auf dem Fest war und die das Haus gehütet hatte, konnte nicht schlafen. Sie zog sich ihren Mantel über und wollte draußen ein wenig frische Luft schnappen. Der Mond stand voll am Himmel. Als sie am Schuppen vorüberging, durch dessen geöffnete Tür das Mondlicht schien, vernahm sie ein Rascheln und dann ein lautes Knacken. Diese Geräusche wiederholten sich. Aufmerksam geworden ging sie in den Schuppen hinein. Was sie sah, überraschte sie. Der Käfig auf dem Tisch wackelte. Das Eichhörnchen darin sprang hin und her. Immer wieder und unermüdlich. Vielleicht ist das helle Licht des Vollmonds störend für das Tier, dachte die Großmutter, nahm eine Decke, hängte sie vor das Fenster und lehnte die Tür nur an, weil sie nicht die Kraft hatte, sie richtig zu schließen. Dann verließ sie den Schuppen und wollte wieder zu Bett gehen. Plötzlich raschelte es am Tor. Sie blickte in die Dunkelheit und glaubte ihren Augen kaum zu trauen. Ein kleines Kerlchen betrat den Hof durch das Hoftor und ging geradewegs in die Scheune. Die Großmutter wusste gleich, dass es das Wichtelmännchen war. Schon ihr eigener Großvater hatte von ihm berichtet, dass es schon seit Urzeiten den Hof beschützt. Die wenigsten hatten das Männchen bisher gesehen. Ihr selbst war der Kleine schon mal als Kind erschienen. Damals stellte sie ihm lange Zeit abends ein Schälchen mit Milch hin, damit es Helfer und Schützer für den Hof bleibe und nicht verschwinden möge. Nun kam das Männchen daher, wie ein alter Freund. Die Großmutter hatte keine Angst, denn sie wusste, dass es Glück bringt, wenn sich das Wichtelmännchen zeigt. Doch sie versteckte sich, um es nicht zu stören. Was trug es nur bei sich? Vorsichtig lugte die Großmutter durch den Türspalt. Das Wichtelmännchen kletterte auf den Tisch, hinauf zum Käfig, und reichte mit beiden Händen etwas durch die

Gitterstäbe. Danach versuchte es, die Käfigklappe zu öffnen. Doch die Kinder hatten ein Vorhängeschloss angebracht, damit niemand das lustige Eichhörnchen stehlen könnte. Das Wichtelmännchen musste, ohne die Tür zum Käfig öffnen zu können, vom Tisch herabklettern und verschwand. Bald darauf kam es zurück in die Scheune. Es näherte sich wieder dem Käfig und trug in jeder Hand noch einmal etwas bei sich. Was es gewesen ist, war aus der Entfernung nicht zu erkennen. Das Männchen reichte das Mitgebrachte durch die Gitterstäbe. Es gab dem Eichhörnchen geheimnisvolle Zeichen, dann verschwand es wieder in die Nacht. Die Großmutter konnte die Neugier kaum noch ertragen. Auf Zehenspitzen huschte sie in den Schuppen hinein und zum Käfig hin. Dort bot sich ihr ein rührender Anblick. Das Eichhörnchen kümmerte sich mit Hingabe um vier winzige, halbnackte Eichhörnchenbabies.

Am Morgen darauf, als alle um den Frühstückstisch versammelt waren, erzählte die aufgeregte Großmutter von ihrer nächtlichen Beobachtung des kleinen Wichtelmännchens und der jungen

Eichhörnchenfamilie in der Scheune. Doch alle lachten sie aus und sagten, sie habe alles nur geträumt. Der Großvater scherzte: „Das lag wohl am Vollmond, der hat dir die Sinne verwirrt. Zu dieser Jahreszeit gibt es noch keine jungen Eichhörnchen."

Die Großmutter verlangte, dass man im Käfig nachsehen müsse, und alle besuchten das Eichhörnchen. Aber dann erblickten sie auf einmal fünf Eichhörnchen. Auf dem Lager aus Laub lagen die vier halbnackten und noch fast blinden Eichhörnchenbabies neben der sich sorgenden Mutter. Alle Umstehenden waren sprachlos bei dem Anblick. Der erste, der die Worte wiederfand, war der Großvater. Er sagte: „Es mag zugegangen sein, wie auch immer. Ich weiß nur, dass wir uns alle schämen müssen. Aus reinem Egoismus hätten wir beinahe eine Familie zerstört." Er nahm die Decke vom Fenster, dann Perry und ihre vier Jungen aus dem Käfig heraus, und legte sie in die Decke. Er reichte sie der Großmutter und sagte: „Bitte geh mit ihnen in den Wald und gib ihnen ihre Freiheit wieder." Und so geschah es.

Nach ihrer Freilassung schaute Perry wieder sehr zufrieden in die Welt, und ihre Jungen, nachdem sie nicht mehr blind waren, bald auch, denn sie sahen die Sonne am Himmelszelt. Sie liebten die hellen und warmen Tage, nagten an Tannenzapfen, Halmen und Blüten und spielten bald zusammen Fangen um die dicken Baumstämme im Wald, an der Burg und nahe dem Hof, direkt neben dem Fenster der Großmutter. Eines Tages saß Perry auf der Fensterbank und knackte eine Nuss. Lächelnd beobachtete die alte Dame den kleinen Nager. Der hatte bald die Nuss geknackt und knabberte an einer Hälfte. Als die vertilgt war, sprang er mit der anderen Hälfte auf Großmutters Bett und ließ sie dort auf dem Kissen liegen. Danach verschwand Perry aus dem Fenster, zurück in den Garten. Seitdem legte Großmutter jeden Tag eine Nuss auf ihre Fensterbank, und jeden Tag kam Perry, um sie mit ihr zu teilen.

Alle Bewohner des Bauernhofs hatten gelernt, dass, was man nicht zwingt zu bleiben, manchmal freiwillig zurückkehrt.

Die Hummelburg

Die Hummelburg

Wer leise an der Rauschenburg spazieren geht und dem Wind, der um die alten Gemäuer rauscht lauscht, kann hören, wie er eine zauberhafte Geschichte von der Hummelburg erzählt. Dem, der im Frühjahr an den Rauschenburger Erdbeerfeldern vorübergeht, könnte es passieren, dass er dort eine Hummel von der Hummelburg erblickt, die fleißig die Erdbeerblüten bestäubt, damit sich diese schnell zur Frucht entwickeln.

Mir hat der Wind erzählt:

Es war einmal ein Paradies im nördlichen Irgendwoland mit blühenden Gärten, bunten Sträuchern und leuchtenden Blumen, Wiesen mit Apfel- und Birnenbäumen. Abertausende Hummeln schwirrten umher und bestäubten die unzähligen Blüten. Lotusbäume rahmten den Teich ein, in dem lustig die Forellen schwammen. Mitten in diesem Paradies stand die Hummelburg. Die Menschen, ob groß, ob klein, liebten diese Idylle rund um die Hummelburg. Dort lebte die gute Fee Marena, die alle Tiere liebte und die denen, die heimatlos waren, ein Heim bot. Es gab einen Streichelzoo für die Kinder, die jeden Tag kamen, um die Tiere zu sehen und zu berühren.

Eines Tages erschien der Zauberer Pluton, der den Krug mit dem Trank der Zerstörung geleert hatte, um noch mächtiger zu werden, als er es bereits war. Er wollte unbedingt den friedlichen Ort vernichten. Darüber hinaus hatte er den Plan, die Weltmacht zu erreichen und so alle, vor allem aber diejenigen, die anders und klüger waren als er, zu unterjochen und zu versklaven. Er warf alle Bäume im Gebiet der Hummelburg um, zersägte sie sowie sämtliche Pflanzen bis ins Herz und vernichtete die Blumen im Garten. Als es dunkel geworden war, hatte er ein heilloses Durcheinander angerichtet. Nach seinem zerstörerischen Werk kündigte er an, sich am nächsten Tag alle Tiere zu holen, um sie zu vernichten und zu verwerten.

Marena hatte nicht die Kraft, sich der Boshaftigkeit des Zauberers zu widersetzen. Schnell schaffte sie mit der Hilfe von Nachbarn und Freunden die Tiere fort, um sie vor dem Zugriff des Feindes zu schützen. Die Forellen fanden ein neues Zuhause in Bächen und Gartenteichen außerhalb der Hummelburg. Alle anderen Tiere brachte sie so weit fort, dass man in dem Land der neuen Unterkunft eine andere Sprache sprach.

Die Hummelburg blieb trist und leer zurück. Als der böse Zauberer am nächsten Tag kam, um die Tiere zu holen, war noch nicht mal mehr eine Maus vor Ort. Der Zauberer wurde wütend und grollte laut. Er blickte in seine Zauberkugel und sah darin Marena, die mittlerweile eine neue Tierunterkunft geschaffen hatte, in der sie mit einigen Helfern liebevoll für die Tiere sorgte. Der böse Zauberer, dem es wichtig war, die positiven Kräfte der guten Fee zu vernichten, spürte sie im fremden Land auf, verzauberte sie in eine Standfigur und verkaufte diese auf einem Markt.

So kam es, dass die gute Fee Marena zur Skulptur erstarrt in einem Vorgarten an einer Straßenecke stand. Da sie eine gute Fee war, geschahen um sie herum immer schöne Dinge. Unfälle wurden verhütet, Menschen und Tiere gerettet, Streits geschlichtet, Freundschaften geschlossen oder Liebespaare zusammengeführt. Die Menschen merkten mit der Zeit, dass dort, wo sie stand, ein magischer Ort war und pilgerten zu ihrer Statue, um dort ihr Heil zu suchen. Was niemand wusste, war, dass die gute Fee in der Statue sich mit Tieren verständigen konnte. Nur den Tieren war klar, dass sie die verzauberte Fee Marena war, die der böse Zauberer verhext hatte und die nun in ihrer neuen, steinernen Gestalt gefangen war.

Die Menschen im nördlichen Irgendwoland vermissten ihre gute Fee und die bunt belebte Hummelburg sehr. Sie waren niedergeschlagen und fühlten sich gerade so, wie man sich fühlt, wenn man das Paradies verloren glaubt. Wenn sie gefragt wurden, was denn passiert sei, was sie so traurig machte, antworteten sie: „Es ist so schrecklich, dass es unfassbar ist und somit ist es geheim."

Da sie nicht darüber sprachen, konnte es nicht mehr wehtun, glaubten zumindest die Bewohner des Irgendwolandes. Obwohl sie nicht darüber redeten, fanden sie an nichts mehr Gefallen und glaubten, dass alles Schöne nun für immer fort, und das Unschöne nicht mehr fassbar sei. Sie wussten nicht wirklich, was sie so unzufrieden machte, dass sie zu keiner Freude mehr fähig waren. Sie wollten es nicht wahrhaben und konnten es einfach nicht fassen, dass ihr Paradies zerstört wurde. Wo keine Fassung war, konnte keine Glühlampe leuchten. So strahlten die Menschen nicht mehr und niemand verriet, was wirklich passiert war. Jeder erwartete vom anderen, das Geschehene zu verleugnen, und man kontrollierte sich gegenseitig. Ohne Ehrlichkeit aber wurden die Menschen immer unglücklicher und sahen die Schönheit der Welt nicht mehr. Der böse Zauberer hatte ihnen mit der Vertreibung aus dem Paradies den Zugang zu ihrer Seele versperrt. Doch nur wer den Zugang zu seiner Seele hat, kann wahre Schönheit erst erfassen. Der Wind allein erzählte diese traurige Geschichte. Nur derjenige, der keine Hektik und keinen Stress empfand, war frei und fähig, dem

Wind zu lauschen und wurde an die verwunschene Fee erinnert. Doch da die Menschen nicht auf die Idee kamen, dass der Wind sprechen könne, glaubten sie von Tagträumen gefangen zu sein.

Eines Tages sprachen sich die Tiere untereinander ab, um die gute Fee zu befreien. Sie beratschlagten, was sie tun konnten, um den Zauberer zu besiegen. Viele Tiere trugen ihre Bedenken vor, da sie nicht glaubten, die Macht des bösen Zauberers brechen zu können. Doch dann wurde nach langen Diskussionen die Hummel dazu auserkoren, den bösen Zauberer zu besiegen. Denn man sagt der Hummel nach, dass sie sich keine Sorgen darüber macht, was andere von ihren Zielen und Träumen halten, denn sie verwirklicht diese einfach. Die Hummel hat 0,7 cm² Flügelfläche und wiegt 1,2 Gramm. Nach den physikalischen Gesetzen der Aerodynamik ist es unmöglich, bei diesem Verhältnis zu fliegen. Die Hummel kümmert das nicht. Sie fliegt einfach!

So trafen sich eines Morgens alle Hummeln vor dem Palast des bösen Zauberers. Es war ein Geschwirr in der Luft, so dass es draußen ganz schwarz und im Palast dunkel wurde. Der Zauberer kam heraus, um nachzuschauen, wo die Morgensonne geblieben war. Doch als er auf der Bildfläche erschien, flogen die Hummeln auf ihn und stachen zu. Daraufhin erlitt der Zauberer einen schweren, allergischen Schock. Sein Herz blieb stehen und er fiel tot um. Am Ende verlor er, der alles haben wollte sein Leben. Denn er hatte nicht die Macht, den Tod zu besiegen. Mit alle seinen Reichtümern konnte er sein Leben nicht erkaufen.

Durch den Tod des Zauberers war die gute Fee endlich erlöst. Mit ihren Tieren konnte sie in die Hummelburg zurückgehen und ihr Paradies dort wieder neu aufbauen.

Anglerglück

Anglerglück

Hubertus und Matthias, zwei leidenschaftliche Angler saßen am Lippeufer und angelten. Mit Beginn der Abenddämmerung ging der Sternenhimmel auf, und wieder war ein Tag vergangen, ohne dass sie einen einzigen Fisch gefangen hätten. Schon seit einer ganzen Woche hatten sie kein Anglerglück mehr, und es ging ihnen nichts an die Angel. In zwei Tagen aber würde ein großes Fest auf der Rauschenburg stattfinden, zu der ein traditionelles Fischessen gereicht werden sollte. Hubertus und Matthias hatten fest versprochen, mit ihren gefangenen Fischen maßgeblich zum Gelingen des Speiseplanes beizutragen. Viel Hoffnung, ihr Versprechen doch noch erfüllen zu können, verspürten sie zu diesem Zeitpunkt nicht. Dabei hatten beide mit ihrem großen Fangglück sehr angegeben und dadurch erreicht, dass gerade auf ihren Fang größter Wert gelegt wurde. Jeder hatte einen großen Eimer mitgenommen und nun hofften sie, beide Gefäße mit vielen Fischen gut gefüllt heimzubringen.

Matthias sagte: „Ich glaube, wir gehen besser gar nicht nach Hause. Es ist mir so unangenehm, dass wir schon wieder nichts gefangen haben. Jetzt ist es bald dunkel und wir können die ganze Angelei vergessen."

Hubertus erwiderte: „Ich werde auch schon müde. Wir müssen aufpassen, dass wir mit unseren Angeln nicht ins Wasser fallen."

Beide schauten verbittert in die dunkle Strömung und kein Fisch zeigte sich. Dafür zeigten sich am Himmel unzählige Sterne. Matthias blickte nach oben und sagte: „Sieh besser nicht ins dunkle Wasser. Sonst fällst du vielleicht wirklich müde hinein. Schau lieber, wie viele helle Sterne am Himmel stehen. Wenn nur ein Bruchteil von ihnen als Fische in der Lippe schwimmen würde."

„Ja", nickte Hubertus, „dann säßen wir jetzt nicht mit leeren Eimern hier."

„Stimmt", bestätigte Matthias. „Wie schön die Sternbilder sind. Schau doch, die vielen Muster und Gestalten."

„Ja, das Firmament mit seinen zahllosen Sternen ist faszinierend", antwortete Hubertus. „Man sagt, die Sterne sind die Augen des Himmels. Sie schauen herab und sorgen sich um jeden Einzelnen, mitleidend und tröstend, aber auch zürnend und strafend. Wenn eine Sternschnuppe fällt, kann man sich sogar etwas wünschen."

„Wenn ein Stern vom Himmel fällt, steigt eine Seele hinauf zu Gott, hat mein Großvater immer gesagt. Was stimmt denn nun?" fragte Matthias.

„Vielleicht beides", meinte Hubertus.

Während die beiden noch über die Antwort auf diese Frage nachdachten, entdeckten sie auf einmal eine funkelnde Sternschnuppe inmitten des riesigen Sternenmeeres am Firmament. Wie ein Pfeil fiel sie vom Himmel herab, schoss in rasendem Tempo nach unten und endete nicht weit von ihnen im dunklen Gewässer, das sich golden verfärbte. Jetzt war die Zeit gekommen, dass sie sich etwas wünschten, und so geschah es. Ein Wunder geschah in diesem Augenblick. Das Wasser erbebte, die Angeln gerieten in starke Bewegung und wurden wild hin- und her geschleudert. Ganze Massen Fische kamen nach oben und bissen entfesselt in die Köder. Hubertus und Matthias konnten sie teilweise schon mit den Händen ergreifen. Beide Eimer wurden in Kürze prallvoll. Hubertus sagte: „Jetzt machen sich die Fische auf den Weg dorthin."

„Wohin denn?" fragte Matthias entgeistert und blickte in die vollen Eimer, in denen die Fische noch zappelten.

„Na, du sagtest doch: Wenn ein Stern vom Himmel fällt, steigt eine Seele hinauf zu Gott. Die Fische machen sich nun auf den Weg nach oben, zu den Sternen."

„Haben Fische eine Seele?"

„Ja. Jedes Wesen hat eine Seele. Natürlich."

Hubertus und Matthias sahen noch lange in den Sternenhimmel, so als würden ihre Blicke jemanden begleiten wollen. Dann machten sie sich stolz und zufrieden über ihren gelungenen Fang, aber auch nachdenklich und dankbar auf den Heimweg.

Der letzte Tanz

Der letzte Tanz

Von Ostern bis Anfang Mai, vor allem in der Nacht zum 1. Mai, der Walpurgisnacht, in der sich der Sage nach sämtliche Hexen auf einem bizarren Felsplateau versammeln, um von dort aus auf ihren Besen zum Blocksberg zu fliegen, erscheinen manche angemachten Feuer um die Rauschenburg besonders mystisch. Auch am Osterfest dieses Jahres gab das Osterfeuer eine rätselhafte Erscheinung preis: Die Flammen zeigten, wie schon oftmals zuvor, ein Paar, das sich im Tanze wiegt.

Es ist schon einige Jahrhunderte her, als die Männer hohen Standes noch Perücken trugen, da lebte auf der Rauschenburg ein reicher **Landgraf** mit seiner Ehegattin Cäcilie. Cäcilie war als junges Mädchen von ihrem Vater, einem angesehenen Herzog, mit **Landgraf** Waldemar verheiratet worden und zeigte sich in ihrer Ehe kaum liebevoll. Aus diesem Grund war **Landgraf**

Waldemar äußerst empfänglich, als er von einem strahlend schönen, jungen Mädchen begehrt wurde. Er verbrachte die Abende gern im Wirtshaus, um sich die Zeit zu vertreiben, denn seine Ehe war ihm von Anfang an zu langweilig.

Seit einigen Tagen arbeitete dort eine neue Serviererin. Anna war eine Schönheit, blutjung und lebte bei ihren Eltern im Ort. Seit sie den attraktiven Landgrafen zum ersten Mal sah, hatte sie an ihn ihr Herz verloren. Herzog Waldemar war berauscht von ihrer Schönheit und das Blut in seinen Adern kochte. Seine Besuche im Wirtshaus wurden immer häufiger, weil er Anna sehen musste. Bald trafen die Liebenden sich heimlich auch privat und es kam zu einem Verhältnis zwischen ihnen. Das blieb im Ort nicht lange verborgen, und man tuschelte über die verbotene Verbindung des ungleichen Paares. Als Annas Eltern vom Gerede der Leute erfuhren, untersagten sie ihr, die Treffen mit dem Landgrafen fortzuführen. Ihr Vater sagte: „Kind, du bist so ein schönes Mädchen. Du hast es doch nicht nötig, von dem alten, verheirateten Schlossherrn benutzt zu werden. Dein Verhältnis zu dem

Mann muss ein Ende haben, sonst kostet es noch deinen Kopf. Du weißt doch, außereheliche Beziehungen stehen unter hoher Strafe."

Doch Anna hörte nicht auf ihn, bei ihr sprach nur das Herz. Landgraf Waldemar wusste um die Brisanz seiner Liebe zu Anna, doch er konnte von ihr nicht lassen. So blieben beide ein Liebespaar. Sie liebten es, gemeinsam durch Feld und Wald zu wandern. Anna sang mit ihrer herrlichen Stimme eine schöne Melodie. Waldemar umfasste sie während sie sang, und beide wogen sich zärtlich und erfüllt im Tanz. Ihre Liebe war stark. Am liebsten hätten sie bis an ihr Lebensende zusammen getanzt, doch sie durften es nicht in der Öffentlichkeit gemeinsam zeigen. Darum tanzten sie heimlich. Als die beiden wieder einmal zwischen Wald und Flur spazieren gingen und sich unterdessen im Tanze wogen, sagte Anna zu Waldemar: „Wenn wir uns im Tanze wiegen, ist mir so, als könnte ich fliegen, zum Himmel empor, hoch hinauf zu den Sternen! Ach wie gerne würde ich mit dir einmal auf einem richtigen Ball tanzen, ein schönes Festkleid anhaben und gemeinsam mit dir an der

Tafel sitzen. Doch ich weiß, das wird immer ein Traum bleiben."

Daraufhin nahm Waldemar ihr Gesicht in seine Hände und küsste sie. Er wünschte sich nichts sehnlicher, als seine Liebe zu Anna in der Öffentlichkeit zu beweisen.

Der Ehebruch des Landgrafen blieb auch der Landgräfin Cäcilie nicht verborgen. Sie war erzürnt über diese Provokation durch den Betrug ihres Ehemannes und wandte sich an den Pastor des Ortes. Bei ihm beschwerte sie sich unter Tränen über die Untreue ihres Gemahls. Der Kirchenmann kannte Mittel und Wege, um das Verhältnis des Landgrafen zu verhindern und brachte den Treuebruch zur Anzeige.

Daraufhin bezichtigte man Anna mit einer Anklage, warf ihr vor, einen verheirateten Mann durch die Macht des Teufels verhext zu haben und stellte sie vor ein öffentliches Gericht. Es kam zum peinlichen Verhör, während dessen ihr durch Foltermaßnahmen Schmerzen zugefügt wurden. Am Ende stand die Verurteilung, sie sei eine Hexe.

Es war ein nebliger, kalter Morgen, als Anna von den Gehilfen des Henkers abgeholt, und auf den Scheiterhaufen gebracht wurde. Eine Menschenmenge hatte sich bereits um die Feuerstelle versammelt. Als Landgraf Waldemar von der Hinrichtung seiner Geliebten erfuhr, eilte er zu der Richtstätte. Dort sah er seine Anna bereits in Flammen. Er rannte auf den brennenden Scheiterhaufen zu, sprang auf die glühenden Holzscheite, versuchte, mit seinen schweren Stiefeln die Flammen zu ersticken und Anna aus dem Feuer zu ziehen. Doch der Holzblock auf dem er stand brach ein, und auch er wurde in die Flammen gezogen.

Aus der Menge riefen die Leute: „Seht nur, sie tanzen!"

Es war das tragische Ende einer großen Liebe. Landgraf Waldemar und Anna waren im Leben ein Liebespaar und schließlich blieben sie es auch im Tode.

Heute sieht man manchmal beim Rauschenburger Osterfeuer auf dem Feuerberg beide in den Flammen tanzen.

Ungewissheit verbindet

Ungewissheit verbindet

Es war einmal ein Rhabarber, der stand stolz und hoch auf seinem Feld und überblickte das bunte Naturgeschehen um sich herum. Seine Stangen waren dick, die Blattstiele üppig, und weil er so stabil wirkte, hielt er sich für sehr wertvoll. Ab und zu fiel sein mitleidiger Blick auf kleine rote Beeren, die auf dem Erdboden des Nachbarfeldes wuchsen, denen er aber weiterhin wenig Beachtung schenkte.

Die Erdbeeren, die sich ihres Wertes sehr wohl bewusst waren, bemerkten sein Gehabe und lehnten ihrerseits den Rhabarber ab. Nichts wollten sie mit diesem hochmütigen Gemüse zu tun haben, um sich durch seine überhebliche Art nicht erniedrigen zu lassen. Denn auch sie waren stolz und fühlten sich keineswegs unterlegen.

Beliebt bei den Menschen sind beide Arten, weil sie höchst wohlschmeckend sind. Darüber hinaus passen sie geschmacklich sehr gut zueinander. Besonders an heißen Sommertagen wirken sie eisgekühlt sehr frisch und sind eine perfekte Beilage zu guten Speisen.

Und so geschah es auch mit dem stolzen Rhabarber und den erhabenen Erdbeeren. Eines Tages fanden sie sich dicht gedrängt, nebeneinanderliegend auf einem süßen Tortenboden wieder. Das war für beide nicht einfach. Zur Krönung wurden sie mit Schlagsahne bespritzt. Ihnen war klar, dass sie die Gaumenfreuden der Menschen anregen sollten, denn ihre Bestimmung war es, selbst in die feinsten Häuser und gierigsten Mägen zu gelangen und dabei Gemütlichkeit, Wohlbefinden und gute Laune zu vermitteln. Doch wozu brauchte der Rhabarber dazu die Erdbeere, dachte dieser, und die Erdbeere fragte sich, warum der Rhabarber ihr die Show stahl.

Doch als beide so auf dem festlich, gedeckten Kaffeetisch stehen durften, wurden sie sehr nervös. Es war ihnen gar nicht mehr wohl in ihrer Haut. Im gastlichen Haus an edler Tafel teilzunehmen, war das eine, was aber würde ihnen widerfahren, wenn sie die Schwelle zum Magen übertreten hätten?

Wer denkt schon an Streit und Konkurrenz, wenn er ein ungewisses eigenes Schicksal erwartet?

Plötzlich spielte die Rivalität um den Beliebtheitsgrad zwischen den zwei beliebten Früchten keine Rolle mehr. In dem Augenblick, in dem sie auf der Torte dicht nebeneinander lagen, verband sie ein ganz neues Zusammengehörigkeitsgefühl, das sie miteinander verschmelzen ließ. Beide genossen es sehr, und der Streit war vergessen. Dies ist der Grund dafür, dass sie sich geschmacklich so wunderbar vereinigen und für die Menschen eine Delikatesse darstellen.

Auf Schatzsuche in der Rauschenburg

Auf Schatzsuche in der Rauschenburg

Es ist schon viele Jahre her, da lebte ein kleiner Junge mit Namen Rolf in der Stadt Olfen, wo er eine spannende Kindheit mit zahlreichen Abenteuern erlebte. Als er später erwachsen war zog er von Deutschland nach Belgien, doch nie vergaß er seine Heimat in Olfen, wo er als Kind so glücklich gewesen war.

Es war mal wieder soweit: endlich Sommerferien! Rolf freute sich, für sechs Wochen nicht in die Schule zu gehen. Während der Ferienzeit wohnte er bei der Familie Tenkhoff auf dem Bauernhof an der Rauschenburg. Dort gab es Pferde, Kühe, Schweine, Schafe, Hühner, Tauben, zwei Jagdhunde und viele Katzen.

Hinter dem Gutshof an der Lippe liegt auf einer Insel, von einem Wassergraben umgeben, die Ruine der alten Raubritterfestung Rauschenburg. Die alte hölzerne Zugbrücke, die die Burg einst mit dem Festland verband, war längst verfault.

Die Burg konnte man nur mit dem Boot erreichen. Zu diesem Zweck lag ein kleiner Holzkahn am Ufer der Gräfte angekettet. An seinem dritten Ferientag fand ein Mittelalter-Spielefest auf der Burg statt. Viele waren gekommen und die Sonne überstrahlte das Fest. Rolf und seine Freunde spielten mit einfachsten Materialien, wie die Kinder im Mittelalter. Die mittelalterlichen Spiele wie Tauziehen, Sackhüpfen, Nusswerfen, Holzkegeln und Bogenschießen machten allen einen Riesenspaß. Ein Duell mit Strohsäcken auf einem Baumstamm war eine besondere Herausforderung. Bei den Spielen wurden die Kinder von Mittelalter-Darstellern in passender Gewandung betreut, die für das Fest ihr Lager auf der Lippewiese aufgeschlagen hatten. Da gab es Ritter in Kettenhemden, Burgfräuleins und Edeldamen in langen Kleidern, Märchenerzähler, mittelalterliche Bauern, Berufsschmiede und vieles mehr. Rolf und seine Freunde kamen sich vor, wie nach einer Zeitreise in die Vergangenheit. Gespannt lauschten sie den Erzählungen des Barden

Johann über das mittelalterliche Leben in der Rauschenburg:

Vor vielen hundert Jahren wohnten noch echte Raubritter in der Rauschenburg an der Lippe. Im Mittelalter befuhren zahlreiche Handelsschiffe den Fluss. Damals gab es noch keine Motoren, da sie noch nicht erfunden waren. Deshalb wurden die Schiffe entweder gesegelt oder gerudert. Die Kaufleute, deren Schiffe oft reich mit Waren beladen waren, setzten sich auf ihren Reisen hohen Gefahren aus. Sie konnten in gefährliche Untiefen, Strudel oder Stromschnellen gelangen, aber auch in die Hände von Piraten und Raubrittern geraten, die es nur darauf abgesehen hatten, sie auszurauben. Die Ritter von der Rauschenburg spannten für gewöhnlich eine dicke, schwere Kette von einer Flussseite zur anderen. Immer dann, wenn sich das Boot eines Kaufmanns näherte und dieser wegen der Sperrkette gezwungen war, ans Ufer zu rudern, sprangen sie aus dem Gebüsch, enterten das Schiff und raubten Gold und Edelsteine, die sie als Wegezoll erhoben. Kaufleute, die diesen Wegezoll freiwillig bezahlten, durften ihre Reise

fortsetzten; denen, die sich weigerten, drohte der Tod. Rolf und seine Freunde waren froh, dass sie beim Ritterfest waren und sich nicht wirklich im Mittelalter aufhielten. Damals lebte man ganz schön gefährlich und hatte wahrscheinlich jeden Tag irgendeinen Stress zu beklagen, glaubten sie. Barde Johann erzählte, dass die Raubritter später für ihre bösen Taten die gerechte Strafe erfuhren. Man hatte sie öffentlich am Galgen aufgehängt und tagelang zur Abschreckung dort baumeln lassen. Die meisten der geraubten Schätze, nach denen man lange suchte, hat man nie gefunden, so auch den von der Rauschenburg nicht.
„Irgendwo muss der Schatz noch verborgen sein und immer noch darauf warten entdeckt und gehoben zu werden", vermutete Barde Johann.
„Dann müssen wir ihn finden!", sagte Bernd.
Barde Johann zuckte die Schultern und antwortete: „Das haben schon viele versucht. Wenn man nur wüsste, wo man mit der Suche anfängt."

„Unter der Burg!"

„Im Burggraben!"

„Im Wald!"

Alle riefen aufgeregt durcheinander, und das Schatzfieber war ausgebrochen.

Die alten Mauerreste der Rauschenburg ragten faszinierender als je zuvor wie Kristalle aus dem Boden und alle fragten sich, welche Geheimnisse die Ruine nach ihrem Dornröschenschlaf wohl preisgeben würde, wenn sie während der Sommerferien dort auf Schatzsuche gehen würden. Ob sich eine Tür zur Vergangenheit öffnen ließe? Die Freunde waren begeistert und voller Tatendrang. Gemeinsam beschlossen sie, auf Schatzsuche zu gehen.

An einem schönen, sonnigen Tag erlaubte Bauer Tenkhoff endlich, dass Rolf gemeinsam mit den Kindern des Hauses und gemeinsamen Freunden mit dem Kahn zur alten Burg übersetzen durfte.

„Heute gehen wir auf Schatzsuche", schlug Rolf vor und alle stimmten eifrig zu. Insgesamt sechs Freunde wollten das Geheimnis des Rauschenbuger Schatzes lüften. Bernd, der älteste Sohn des Gutsbesitzers, Berni gerufen, Agnes, die alle Agi nannten und Rolf mussten auf die Jüngeren aufpassen. Bauer Tenkhoff ermahnte die Abenteurer noch einmal: „Seid vorsichtig! Klettert nicht in die unterirdischen Gänge und Stollen."

Bald ruderten die Freunde über den Burggraben. Da nicht alle gleichzeitig in das Boot passten, wiederholten sie die Kahnfahrt. Endlich waren alle auf der Insel angekommen. Sie begaben sich auf den kleinen Hügel, der von hohen Eichen umgeben, und mit dichtem Gestrüpp bewachsen war. Im Schatten der Bäume setzten sie sich ins Gras. Rolf und Bernd erzählten alle abenteuerlichen Geschichten, die sie über die Raubritter der Rauschenburg kannten. Gespannt lauschten die Kinder ihren faszinierenden Worten. Manchmal lief es dabei allen eiskalt den Rücken herunter. Wie gut, dass es keine Raubritter mehr gab, die wie früher Angst und Schrecken verbreiteten. Gemeinsam beschlossen die Freunde, einen Eingang in eine vermeintliche unterirdische Höhle am Erdhügel zu schaffen. Schaufel und Spaten hatten sie heimlich im Boot mitgenommen. Es war harte Arbeit, doch mit vereinten Kräften machten sie Fortschritte und ein großes Loch war bald freigelegt. Ihre Entdeckung war tatsächlich der Anfang eines Ganges. Ein muffiger, fauliger Geruch stieg ihnen aus der Höhle in die Nase. Die Gruft machte einen ziemlich verfallenen Eindruck. Rolf sagte: „Ich werde mit Bernd hineingehen. Ihr bleibt hier und passt auf."

„Vielleicht braucht ihr drinnen Unterstützung. Ich komme mit!" bestimmte Agi. Schließlich durfte sie die beiden Jungen begleiten, während Michi, Jöppi und Lisa draußen aufpassen sollten, ob sich ungebetene Beobachter per Floß oder schwimmend der Ruine näherten.

Vorsichtig hoben die drei Höhlenforscher Stein für Stein auf und brachten ihn zur Seite. So kamen sie langsam vorwärts und gelangten durch den Gang immer tiefer ins Innere der Burgruine. Bei jedem Meter, der sie weiter in den Hohlraum hineinführte, rieselte Sand und bröselte Lehm von den Höhlenwänden herab, und die Freunde mussten sehr aufpassen, nicht von Steinen und Geröll verletzt oder verschüttet zu werden. Der Gang war schmal und sehr niedrig. Die Freunde konnten sich nur gebückt und auf dem Bauch rutschend fortbewegen. Bernd erklärte: „Von der Rauschenburg soll ein Gang zum Haus Vogelsang geführt haben. Den haben die Ritter damals als Fluchtweg benutzt, wenn sie sich verstecken wollten."

„Ah, das Herrenhaus auf der anderen Seite des Flusses." staunte Rolf.

„Vielleicht haben wir den Gang jetzt entdeckt", flüsterte Agi. Mittlerweile waren sie soweit vorgedrungen, dass die Öffnung, durch die sie eingestiegen waren, nur noch als kleiner heller Punkt zu erkennen war. Bald befanden sie sich in absoluter Dunkelheit.

„Ich denke, wir sollten lieber umkehren", raunte Rolf, den ein beklemmendes Gefühl beschlich. Er fühlte sich für die anderen verantwortlich.

„Ich finde es aber spannend hier und will weitersuchen", widersprach Agi.

„Du bist ganz schön mutig, Agi", staunte Berni anerkennend. Dann drängte er: „Kommt, lasst uns weitergehen."

„O.K.", brummte Rolf, und sie gruben sich immer weiter in den Stollen hinein. Ein nicht vorhergeahntes Geräusch, das von einem Luftzug begleitet wurde, erschreckte die Freunde.

„Irgendetwas ist an meinem Kopf vorbeigeflogen!" kreischte Agi.

„Vielleicht ist es der Geist eines verwunschenen Raubritters, der zur Strafe für seine bösen Taten für immer als Fledermaus weiterleben muss!" Bernies beschwörende Stimme zerriss die staubige Luft und Agi hatte eine schlimme Gänsehaut.

„Hör auf damit, Bernie, mich gruselt es!" rief sie.

„Das war wirklich eine Fledermaus, eine ganz echte und kein Geist." beruhigte Rolf sie.

Er hatte Recht. Es war eine Fledermaus, die sich tagsüber in dunklen Gemäuern, Höhlen und Nischen versteckt und erst wenn es dunkel wird, am Abend und in der Nacht draußen auf Beutefang geht. Die drei Freunde hatten sie aufgeschreckt und nun flog sie aufgeregt zwischen ihnen hin und her, ohne sie zu berühren. Ihr feines Sonarsystem verhinderte jedenfalls auch, dass sie gegen Wände flog.

Die Freunde krochen schweigend weiter in das dunkle, schwarze Loch hinein. Der Gang hatte sich mittlerweile verbreitert und führte in einen unterirdischen Raum. Agis Stimme zerschnitt die Stille in der Dunkelheit: „Kommt mal schnell her, ich habe etwas entdeckt!"

Sie befand sich in einem Raum, in dem sie bequem stehen konnte. Durch einen Spalt in der Decke gelangte ein spärliches Licht zu ihr, das ein wenig Orientierung in der Dunkelheit zuließ. „Wie blöd, dass wir keine Taschenlampe dabei haben", stöhnte Rolf.

„Wo bleibt ihr denn?" rief Agi ungeduldig. „Ich glaube, hier liegt der Schatz!"

Endlich hatte auch Bernie den Raum erreicht. „Sind wir hier etwa im Rittersaal gelandet?" fragte er. „Es ist mehr Platz hier."

„Nein, ich denke eher, hier unten war mal das Verließ", mutmaßte Rolf, der auch erschien. „Ich habe eben ein Eisen an der Wand getastet; vielleicht war hier mal die Folterkammer, wo die Gefangenen angekettet wurden."

„Ich glaube eher, hier war die Schatzkammer der Burg", widersprach Agi.

„Schätze haben die doch früher nicht unten aufbewahrt, wo jeder hinkonnte. Sie wurden im Turm versteckt, damit sie vor Angreifern sicher waren." Berni war sich seiner Sache ganz sicher.

„Manchmal haben sie die auch im Keller vergraben, bevor der Turm gestürmt wurde." Agi sagte dies mit einer Überzeugung, als sei sie selbst dabei gewesen.

„Schaut mal, was hier liegt!" Feierlich nahm sie Rolfs Hand und führte sie an einen im Geröllhaufen eingeklemmten Gegenstand heran, der sich wie die beschlagene Kante einer Kiste anfühlte. Rolf tastete die Umrisse ab und spürte einen dicken Eisenbeschlag. Alle Vorsicht war vergessen, als die Freunde den schweren Gegenstand freibuddelten, um ihn aus dem Geröllhaufen herauszuziehen. Was sie freilegten, war tatsächlich eine Kiste, die sie kaum bewegen konnten. Die Augen der Freunde hatten sich mittlerweile an die Finsternis im Gewölbe gewöhnt. Sie konnten die kleine Öffnung über ihnen ausmachen, durch die der feine Lichtstrahl zu ihnen drang. Mit gemeinsamen Kräften schafften sie es, die Kiste von der Gerölldecke zu befreien. Rolf klopfte sie etwas ab, was eine riesige Staubwolke aufwirbelte, so dass alle um die Wette husteten. Rundherum war die Kiste mit Eisenbändern beschlagen, und an der vorderen Seite befand sich ein dickes eisernes Schloss.

„Das ist eine Schatztruhe!"

„Wir haben den Schatz der Rauschenburg gefunden!"

„Tralalalalala!"

„Wie gut, dass wir auf die Idee gekommen sind, die Ruine zu untersuchen! Hahaha!"

Der Jubel war groß. Alle fühlten sich gefesselt von dem Fund, der nun vor ihnen lag. Sie waren ganz sicher, dass in der Kiste ein bedeutender Schatz schlummerte. Wahrscheinlich waren es Goldstücke, Perlen, Edelsteine und wertvolle Münzen, die die Rauschenburger Raubritter den reichen Kaufleuten abgenommen hatten. Diese Vorstellung versetzte die Freunde in große Aufregung. Sie ahnten, dem dunklen Geheimnis der Rauschenburg ganz nahe zu sein.

„Wir müssen die Kiste nach draußen bringen."
schlug Agi vor. Mit vereinten Kräften zogen sie an der Kiste, die sich nur sehr schwer bewegen ließ. In diesem Moment gab es einen tosenden Krach. Außerhalb des Raumes, in dem sie sich befanden schien der Gang einzustürzen. Steine prasselten nieder, und der Raum, in dem die Freunde sich befanden, füllte sich mit Staub. Die drei husteten, bis Tränen in ihren Augen brannten.

„Jetzt müssten wir erst mal wissen, wie wir hier wieder rauskommen. Für uns ist die Kiste viel zu schwer!", stellte Berni fest, als er wieder Luft holen konnte.

„Stimmt", antwortete Rolf enttäuscht. Die anfängliche Euphorie war der Sorge gewichen, dass auch über ihnen die Decke einstürzen könnte und sie mitsamt dem Schatz unter sich begrub. Glück und Unglück waren nahe beieinander. Nun hatten sie den Schatz entdeckt und waren mit ihm eingesperrt. Die Freunde waren froh, dass etwas Licht durch die Decke fiel, denn so konnten sie erkennen, ob es draußen Tag oder Nacht war. Es wurde still. Der Staub sank zu

Boden und sie spürten ihn in den Augen und zwischen ihren Zähnen. Die Luft war knapp. Es dauerte nicht lange und die drei Freunde schliefen erschöpft ein.

Die drei Freunde, die den Eingang bewachten, hatten den lauten Knall mitbekommen und schrien Alarm. Michi rannte zum Boot und ruderte wild hinüber zum Festland.

Als man auf dem Hof bei Tenkhoff von dem Unglück erfuhr, wurde sofort eine große Rettungsaktion gestartet. Trotzdem dauerte es eine Weile, bis Bauer Tenkhoff die Verschütteten fand.

Durch lautes Rufen über ihnen wurden Rolf und Berni wach und weckten Agi auf. Alle drei riefen aus Leibeskräften: „Hier sind wir!"

Bauer Tenkhoff hatte ihre Ortung aufgenommen. Es brauchte viel Zeit, bis er Gebüsch und Schutt abgetragen hatte und das Loch im Boden entdeckte, durch das sie sich verständigen konnten. „Versucht euch so weit in Richtung Gang zurückzuziehen, dass ihr sicher seid. Es rieseln wahrscheinlich gleich Steinbrocken. Bleibt an eurem Platz, bis ich mich wieder melde!" rief Bauer Tenkhoff den drei Eingeschlossenen durch das Loch nach unten zu. Nach einer Weile begann er mit zwei helfenden Männern, das Loch vorsichtig mit mitgebrachten Werkzeugen zu erweitern. Steine fielen polternd in die Tiefe, und dicke Staubwolken wirbelten auf. Der Lichteinfall in das Verließ nahm zu. Bauer Tenkhoff sicherte den Bereich des vergrößerten Loches mit Holzbohlen ab, was sehr zeitaufwendig war. Erst danach durften die vier Freunde wieder aus ihrer dunklen Ecke hervorkommen und waren endlich gerettet. Sogleich erzählten sie so hastig von ihrem Fund, dass sie zunächst niemand verstand.

„Nun mal langsam", unterbrach Bauer Tenkhoff den dreifachen Redeschwall. „Immer der Reihe nach!"

Agi übernahm als eigentliche Entdeckerin der Kiste die Berichterstattung und erzählte vom Schatz der Rauschenburg, der unter ihren Füßen ruhte.

„Hmm, das soll ich euch glauben?" bezweifelte der Gutsherr und schüttelte sein Haupt.

„Doch, Herr Tenkhoff! Ganz bestimmt! Agi hat die Wahrheit gesagt!" versuchte Rolf die Darstellung seiner Freundin zu unterstützen.

„Nun, dann wollen wir mal nachsehen."

Bauer Tenkhoff nahm seinen Verwalter, zwei Knechte und Werkzeuge mit. Sie sicherten den Stollen ab und fanden tatsächlich letztendlich eine Kiste. Sie befestigten einen Strick an ihr und zogen sie an ihm in die Mitte des Raumes, direkt unter das Ausstiegsloch. Der erste Versuch, sie nur mit einem Strick hochzuziehen misslang, weil die Kiste sehr schwer war und unkontrolliert hin und her schwankte. Erst als Bauer Tenkhoff einen Flaschenzug holte und einen Galgen aufbaute, konnte die Truhe geborgen werden. Die drei Männer schleppten die schwere Kiste zu ihrem Boot und verstauten sie dort. Der vermeintliche Schatz in der schwergewichtigen Kiste drückte das Boot tief ins Wasser. Langsam ruderte Bauer Tenkhoff das Boot zum Ufer. Dann brachte er es zurück, um die anderen sicher wieder von der Insel an Land zu bringen. Bis alle nacheinander wieder am Festland waren, dauerte es eine ganze Weile. Die Männer trugen die Holztruhe in den Geräteschuppen und stellten sie vorsichtig auf zwei stabilen Holzböcken ab. Sie schwitzten und schnauften laut wegen der großen Last des Gewichts. Die Spannung hatte ihren maximalen Höhepunkt erreicht. Keiner der Freunde bezweifelte, dass diese etwa ein Meter lange, einen halben Meter breite und ebenso hohe Kiste einen Schatz hütete. Sie verstanden nicht, dass sich die Erwachsenen da nicht so sicher zu sein schienen. Endlich holte Bauer Tenkhoff einen Meißel aus der Schublade seiner Werkbank und trieb mit kurzen, kräftigen Schlägen das Spitzeisen unter den Deckel der Kiste, bis das Schloss mit einem Klick aus seiner

Verankerung sprang. Mucksmäuschenstill standen alle vor der Truhe. Bauer Tenkhoff begann mit beiden Händen, den Deckel hochzudrücken, was gar nicht so einfach war. Die eingerosteten Scharniere leisteten großen Widerstand. Das Holz ächzte und drohte zu bersten. Bauer Tenkhoff drückte und presste sich mit seinem ganzen Körpergewicht gegen diese starke Gegenkraft. Die drei anderen Männer unterstützten ihn dabei. Endlich war es geschafft. Die Truhe stand geöffnet vor ihnen. Zu guter Letzt konnten alle in das Innere der Truhe blicken. Was sie sahen, raubte ihnen fast den Atem.

Gold, Silber, Edelsteine… Fehlanzeige! Kein Goldschatz lag vor ihnen, sondern dicke rostige Kugeln in verschiedenen Größen befanden sich in der Kiste. Keiner von den Freunden sagte ein Wort. Bauer Tenkhoff stellte fest, dass es sich um Kanonenkugeln handelte, die im Mittelalter, nachdem das Pulver erfunden worden war, als Munition dienten. Das also war das Geheimnis, das die sechs Freunde entdeckt hatten: Dieser Schatz der Rauschenburg war eine alte Munitionskiste. Schließlich dachten die Freunde, dass es auch interessant sei, ein solches Geheimnis zu lüften. Ein Geheimnis ist in jedem Fall ein Geheimnis. Immerhin steht die von den Freunden entdeckte Rauschenburger Munitionskiste noch heute geöffnet im kleinen Heimatmuseum eines der Nachbarorte. Die nicht abgeschossenen Eisenkugeln erinnern an Leben, das nicht durch sie zerstört wurde.

Denn Leben ist der größte Schatz.

Text: Sabine Grimm
nach einer Erzählung von Rolf Mengelmann

Rauschenburg Legende

Das Ende des Grafen von Rauschenburg

Vor langer Zeit lebte auf der Rauschenburg an der Lippe ein mächtiger Graf. Alles Land weit und breit gehörte ihm, und er führte ein sehr angenehmes Leben. Eines Tages ging der Graf auf die Jagd und drang immer tiefer in den Wald hinein. Wie er nun im Walde stand und glaubte, dort allein zu sein, traf er die schöne Margarete, die junge Tochter des Organisten der Dattelner Kirche St. Amandus. Sie trug einen Korb, um Kräuter zu sammeln. Wie der Graf Margarete in ihrer Schönheit erblickte, war er von ihrem Anblick wie elektrisiert. Er schwor sich, dass sie noch vor Sonnenaufgang seine rechtmäßige Ehefrau werde.

Schnell sandte er einen Reiter aus seinem Gesinde nach Datteln, um den Pfarrer zu holen, damit er die Trauung vornehmen sollte. Eilig ritt der Bote zum Pfarrhaus und bestellte den Geistlichen zur Rauschenburg. Dieser hatte Bedenken, die Tochter des Organisten mit dem Adeligen zu trauen, da ihm schon viel Schlechtes über ihn zu Ohren gekommen war. Dennoch gehorchte er dem Standesherrn und machte sich auf den Weg zur Rauschenburg.

Bei der Trauung wirkte die Braut mit ihrem fahlen Teint sehr bleich. Bei der Zeremonie führte sich der Graf äußerst unritterlich auf, was dem geistlichen Herrn sehr zuwider war, und doch legte er die Hände der beiden ineinander und segnete das Paar. In den ersten Wochen nach der Eheschließung hörte man nichts Nachteiliges über den Burgherrn. Der Pfarrer nahm an, er hätte ihn zu Unrecht negativ beurteilt.

Eines Tages brach ein Krieg zwischen Frankreich und Deutschland aus. Der Graf von der Rauschenburg wollte seine Burg verlassen, um in den Kampf zu ziehen. Seine junge Ehefrau erwartete sein Kind und flehte ihn an, bei ihr zu bleiben. Er jedoch ließ sich nicht erweichen und verließ seine schwangere Frau, um zu kämpfen. Mit seinem Reitertrupp ritt er in Richtung Rhein davon. Bald traf er den deutschen Kaiser, dem er sich anschloss, um mit ihm gemeinsam seinen Weg nach Frankreich fortzusetzen. Immer wieder geriet die Truppe in Kämpfe, aus denen sie aber als Sieger hervorging.

Der Graf von der Rauschenburg war ein hochmütiger Mann. Er sagte sich vom Kaiser los und ließ sich selbst zum Kaiser der Franzosen ausrufen. Diese Kühnheit machte ihn weit bekannt, doch sie wurde ihm letztendlich zum Verhängnis. Durch sein Verhalten hatte er beide Seiten gegen sich aufgebracht und war bald von allen verlassen. Nur mit Mühe gelang es ihm, seinen Verfolgern zu entfliehen und in die Heimat zurückzukehren. Heruntergekommen und zerlumpt erreichte er mit letzter Kraft die Rauschenburg. So stand er schließlich vor seiner Frau. Er rühmte sich vor ihr, ein bedeutender Mann zu sein, der fast ein Kaiser geworden wäre. Jeden Tag trank er den teuersten Wein, wie es einem hochgestellten Herrn, wie er sich fühlte, angemessen war. Dazu ließ er sich von seinem Gesinde mit Kniebeugen und Verneigungen ehren und gab sich auch noch mit anderen Frauen ab. Die schöne Margarete war geschockt. In ihrer Verzweiflung floh sie überstürzt, obwohl die Geburt ihres Kindes kurz bevorstand.

Der Herr der Rauschenburg saß gerade mit seinen Freunden beim Dämmerschoppen. Der Diener kam und berichtete ihm, dass ihn seine hochschwangere Frau verlassen habe. Daraufhin geriet der Graf in furchtbare Wut. Weil der Knecht seinem Herrn die Frage nicht beantworten konnte, wohin Gräfin Margarete gegangen war, erschlug er ihn in seinem ohnmächtigen Zorn. Dann ließ er sein Pferd satteln und ritt über die Zugbrücke der Burg in Richtung Datteln. Er vermutete, dass seine Frau zu ihren dort lebenden Eltern gegangen war. In Datteln fand er Margarete jedoch nicht.

Rasend vor Wut kehrte der Graf zur Rauschenburg zurück und sandte alle Berittenen seines Hauses aus, seine Frau aufzuspüren.

Auf Anraten des Pfarrers und ihrer Eltern war Margarete in Richtung der Burg Löringhof in Datteln gelaufen. Man fand sie schließlich im Tannenwald, der die Burg Löringhof umgab. Nachdem der Graf erfahren hatte, dass seine Frau gefunden war, eilte er zu ihr in den Wald. Als er dort ankam, hielt sie ihr soeben geborenes Kind in den Armen. Ein irres Lächeln umspielte ihre blassen Lippen.

Bei dem dramatischen Anblick seiner Frau fuhr der Graf erschrocken zurück. Dann aber schritt er auf sie zu und streckte beide Hände aus, um ihr das Kind wegzunehmen. Margarete wich jäh zurück und beugte sich schützend über ihr Kind. Ein irres Lächeln zeigte sich wie versteinert um ihren Mund. In diesem Augenblick, als der Graf nach dem Kind griff, schlug ein starker Blitz unter seinen Füßen ein, und ein furchtbares Krachen erschütterte die Erde um alle Beteiligten herum. Sie erschraken und stürzten zu Boden. Als sie sich wieder aufrichteten und aufschauten, war Margarete noch da. Ihr Kind im Arm haltend, stand sie irrsinnig lächelnd vor ihnen. Doch sie war zu Stein geworden.

Als er seine Frau und sein Kind so sah, war der Graf furchtbar entsetzt. In wilder Eile trieb er sein Pferd an, um zurück zur Burg zu reiten. Doch in der übermäßigen Hast trieb er das Pferd in die Fluten der Lippe, wo er im kalten Wasser ertrank. Seine Gefolgsleute hatten noch versucht, ihn zu retten. Doch sie schafften es nicht.

Der Graf von der Rauschenburg und seine Margarete lebten nicht mehr. Was mit dem Kindchen der beiden, das in den versteinerten Armen der Mutter lag, geschah, und ob es ein gleiches Schicksal ereilte, ist nicht überliefert.

Hinweis: Diese Sage weist verschlüsselt auf das Ende des Herrn von Oer im ehemaligen Vest Recklinghausen hin. Die Herren von Oer führten einen Machtkampf gegen den Landesherrn in Köln um die Errichtung einer Grafschaft im Ostvest. Nachdem sie diesen verloren hatten, zogen sie sich auf die Rauschenburg an der Lippe zurück, die sie im Jahre 1397 erworben hatten.

Dietrich von Oer, der Sohn Heidenreichs des Jungen und Neffe Heinrichs von Oer, führte von der Rauschenburg aus Raubzüge ins Vest durch. Daraufhin ordnete der Erzbischof von Köln an, dass er seine Burg aufzugeben hatte. Dietrich ist vermutlich der „Graf von der Rauschenburg".

Die im Jahr 1050 erstmals erwähnte Anlage *Rauschenburg, Lehmhegge 22, Olfen*, hat bis heute als gräftenumgebene Ruine die Zeiten überdauert.

Burg Löringhof, 1243 erstmals urkundlich erwähnt, lag im benachbarten *Datteln, Im Löringhof 2-4.* Von Burg Löringhof sind heute noch Teile der Gräfte sichtbar.

Die im Jahr 1147 beurkundete katholische Kirche *St. Amandus* befindet sich an der *Kirchstr. 25 in Datteln.* Am 9. März 1945 wurde die Kirche während des Zweiten Weltkrieges durch einen Luftangriff fast vollständig zerstört und bis 1949 wieder aufgebaut.

Text: Sabine Grimm

nach einer alten Sage:

„Das Ende des Grafen von Rauschenburg"
Quelle: Kollmann, Adelheid, Sagen aus dem alten Vest und dem Kreis Recklinghausen, Recklinghausen 1994, S.33f

Märchen

Märchen verzaubern, beeindrucken, fesseln... Märchen sind lieblich, grausam und gemein... Märchen zählen zu einer bedeutsamen und sehr alten Textgattung in der mündlichen Überlieferung und treten in allen Kulturkreisen auf, um von ihnen zu lernen. Sind Märchen überaltert und passen nicht mehr in unsere Zeit, oder dürfen wir sie heute noch mögen? Können wir auch heute noch von ihnen lernen?

Der Begriff „Märchen" ist die Verkleinerungsform der mittelhochdeutschen Märe, was „Kunde, Bericht, Nachricht" bedeutet. Märchen sind Prosatexte, die von wundersamen Begebenheiten berichten.

Märchen haben eine Reise in die eigene Seele zu bieten. Man hat die Möglichkeit, sich mit dem Inhalt des Märchens innerlich auseinanderzusetzen und für das Leben Lehren daraus zu ziehen oder anderen zu vermitteln.

Märchen verkörpern einen wunderbaren Gegensatz zur Schnelllebigkeit unserer heutigen Zeit. Da Lebensweisheit transportiert wird, ist es auch heute noch sinnvoll, von ihnen zu lernen. Sie können eine Orientierung im Leben bieten. Zum Beispiel, wenn wir lernen, dass auch die kleine Geldbörse reicht, um glücklich zu sein und die große uns Unglück bringen könnte. Märchen sind ein Land voller Zauber. Märchen wissen, dass einzig die Liebe die Kraft besitzt, glücklich zu machen, denn sie trägt uns auf Flügeln über Berge, Täler und Meere in das Land voller Zauber und Träume. Es gibt eine Lebenszeit für die Liebe. Mehr Zeit hat man nicht. Bei meinen Lesungen habe ich beobachtet, dass die Eltern den Märchen genauso fasziniert lauschen, wie die Kinder. Manch einem wurden sogar Tränen entlockt.

Wenn es um die Märchen der Brüder Grimm geht, denkt man unwillkürlich an die Klassiker wie *Schneewittchen* oder *Dornröschen*. Märchen enden glücklich. Doch die beiden haben viel mehr geschrieben - auch Märchen, die nicht in das herkömmliche Raster passen. Jemand, der

Märchen als brutal verstehen will, da manche Mär gnadenlos erscheint, z. B. wenn der böse Wolf bei *Rotkäppchen* Wackersteine in seinen Bauch genäht bekommt, oder die böse Hexe aus dem Märchen *Hänsel und Gretel*, von Gretel in den Ofen geschoben wird, - was alles ein nicht minder gnadenloses Vorhergeschehen hat -, wird der Intention dieser Aussagen nicht gerecht. Vielleicht sollte man den Zeitpunkt, wann man diese Art Märchen den Kindern vorliest, insofern günstig bestimmen, dass man es nicht vor dem Gute Nacht-Kuss und „Nun schlaf schön und träum süß" tut. Doch auch diese brutalen Märchen haben ihre Berechtigung, denn sie fordern in ihrer Symbolik dazu heraus, die fürs wahre Leben unnatürlichen, unschönen und schlimmen Dinge auszuhalten, die eigenen Gefühle darüber kennenzulernen, zwischen *Gut* und *Böse* bzw. *dem Überleben zugetan* oder *abtrünnig zu sein*, zu differenzieren und so manche Gefahr in der Wirklichkeit möglichst zu vermeiden. Man erkennt, dass jemand vermeintlich Stärkeres - *Hexe* -, der einem selbst oder jemand anderem Böses will, sich damit keinesfalls durchsetzen, oder über einen siegen muss.

Man hat immer die Möglichkeit, sich zur Wehr zu setzen oder Nothilfe zu leisten – genauso, wie die böse, nach Hänsels Leben trachtende Hexe, die von Gretel in den Ofen befördert wird.
Märchen verzaubern, beeindrucken, fesseln. Darum finde ich es gut und wichtig, den Märchen in unserer Zeit Raum zu geben. Das Wunderbare und Mystische an den fantastischen Geschichten ist, dass in Märchen die Unsterblichkeit schlummert. Denn der Möglichkeit, über die Zeiten hinaus zu existieren, wird Raum gegeben: Und wenn sie nicht gestorben sind, dann leben sie noch heute...

„Wenn du intelligente Kinder willst,
lies ihnen Märchen vor.
Wenn du noch intelligentere Kinder willst,
lies ihnen noch mehr Märchen vor."

Albert Einstein

Sagen

Eine Sage ist eine auf mündlicher Überlieferung basierende, kurze Erzählung, deren ursprünglicher Verfasser in der Regel unbekannt ist. In ihrer Art ist sie dem Märchen und der Legende ähnlich, wenn sie von fantastischen, die Wirklichkeit übersteigenden Ereignissen berichtet. Sagen sind von ihrer Entstehung her mit realen Begebenheiten, Personen- und Ortsangaben verbunden, so dass ihnen der Eindruck eines Wahrheitsberichtes anhaftet. Bei den Wandersagen haben verschiedene Völker und Kulturen häufig fremde Inhaltsstoffe und exotische Motive für ihre eigenen Sagen übernommen und sie mit ihren persönlichen landschaftlichen und zeitbedingten Eigentümlichkeiten und Anspielungen vermischt.

Entscheidend wurde der Begriff der Sage durch die Brüder Grimm geprägt. Das **Grimm'sche** Wörterbuch, *Bd. XIV, 1893,* spricht von der *Kunde von Ereignissen der Vergangenheit, welche einer historischen Beglaubigung entbehrt".*

Ferner von „Naiver Geschichtserzählung und Überlieferung, die bei ihrer Wanderung von Geschlecht zu Geschlecht durch das dichterische Vermögen des Volksgemüts umgestaltet wurde. Hierbei greifen subjektive Wahrnehmung und objektives Geschehen dermaßen ineinander, dass übernatürliche, unglaubhafte Begebenheiten den Wesenskern einer Sage bilden. Es besteht also nicht allein das Subjektive. Auch eine objektive Annahme hat ihre Berechtigung.

Sagenhelden werden benannt, und wie im Märchen gehört die Vermenschlichung von **Pflanzen** und **Tieren** zur Sagenwelt. Auch übernatürliche Wesen wie Zwerge, Feen, Elfen und **Riesen** sind in der Sagenwelt zuhause.

Anders als beim zeitlosen Märchen - *Es war einmal...* - mit den allgemeinen Ortsangaben, wie z. B. dem Wald, Brunnen, der Hütte und den typischen Märchenfiguren, wie König, Prinz, Prinzessin, Stiefmutter, Hexe…, sind bei der Sage tatsächliche Ereignisse, Lokalitäten und Persönlichkeiten vorhanden. Diese, im Nachhinein fantastisch ausgeschmückt und gestaltet, wurden Anlass für die Erzählung der Sage.

Damit steht der Realitätsanspruch der Sage über dem des Märchens.

Weil zum Dreigestirn noch eines fehlt, sei hier die Legende noch angeschlossen. Legenden sind Erzählungen, zumeist in erhöhender Weise, über Begebenheiten oder Leben und Tod von Personen. Sie muten an, dass es sich um unzutreffende Tatsachenbehauptungen handelt. Manche Legenden aber können einen Kern von historischer **Wahrheit** enthalten. In bildhafter oder szenischer Erzählform suchen sie den Kern einer Tatsache oder den Sinn eines Geschehens zu vermitteln, auch wenn die jeweils erzählte Geschichte **quellenmäßig** unverbürgt ist.

Danke

An dieser Stelle möchte ich mich bei denjenigen bedanken, die mich bei der Anfertigung dieses Buches unterstützten und mir Quellen und Bilder zur Verfügung gestellt haben.

Baeredel, Dortmund;

Heimatverein Olfen e.V., Olfen;

Dirk Sondermann, Autor, Diplom-Theologe, Hattingen;

Aloys Tenkhoff, Halle;

Spargelhof Tenkhoff, Olfen;

Bernhard Wilms, Studiendirektor a. D., Olfen.

Nachwort

Hiermit beende ich die Reise in die Vergangenheit und in die Welt aus Phantasie und Mystik. Ich freue mich, dass mich, obwohl es zahlreiche Schlösser und Burgen gibt, gerade die Rauschenburg dazu inspirierte, ihre Geschichten und Märchen aufzuschreiben. Die Rauschenburg liegt romantisch-verwunschen in einer Gräfte am Fluss, umgeben von naturnahen Wäldern, Wiesen und Feldern, im Herzen des Münsterlandes.

Es hat mir sehr viel Freude bereitet, für alle interessierten Leser und Leserinnen, die alten märchenhaften Pfade rund um die Rauschenburg zu beschreiten, und die Geschichten um die, längst in wild romantischen Zustand versetzte Burg, in diesem Buch aufzuschreiben. Meine berühmten Namensvettern, die Brüder Grimm, ließen einst ihre gesammelten Märchen von ihrem Märchenschloss aus um die Welt gehen. So wie sie die Sababurg im Weserbergland als Dornröschenschloss auserkoren, in dem das

Dornröschen hundert Jahre schlief, um danach endlich von ihrem Prinzen wachgeküsst zu werden, hat sich mir die Rauschenburg märchenhaft erschlossen. Deshalb wurden auch an diesem Ort Prinzessinnen und Prinzen lebendig, die einander küssten… Darüber hinaus erschien eine ganze Schar von bunten Märchengestalten, die ich meinen Lesern nicht vorenthalten möchte. Wie es bei märchenhaften Geschichten der Fall ist, sind deren Namen jedoch frei erfunden.

Außer meinen eigenen Märchen befinden sich in diesem Buch noch die Rauschenburger *Schatzsuchergeschichte* und die alte Sage vom *Ende des Grafen von Rauschenburg*. Diese beiden Geschichten sind nicht nur meinem alleinigen Gedankengut entsprungen. Eine alte Sage wusste schon lange vor meiner Zeit vom Ende des Grafen von Rauschenburg zu berichten, und der Autor Rolf Mengelmann veröffentlichte im Jahr 2003 in seinem Buch, *Als ich noch ein kleiner Junge war und in die Baumschule ging*, seine Erzählung über den Schatz der Rauschenburg. Beide Texte finde ich würdig und passend, meine Geschichtensammlung über die historische

Rauschenburg, und somit dieses Buch zu bereichern. Ich überdachte die genannten älteren Schriften und erweiterte sie mit eigenen Impulsen.

Dramatische Burggeschichten ist ein Buch für die kleinen und großen Märchenliebhaber und die, die es werden wollen. Erwachsene könnten während des Lesens der Geschichten auf vergangene Erfahrungen zurückblicken und die Message eines Märchens als eine Erkenntnis verstehen, die vielleicht beim Lösen eines vergangenen Problems hilfreich gewesen wäre. Die Kleinen lernen die tieferen Botschaften von Märchen gleich von der Pike auf. Das Märchenlesen sollten wir uns erhalten.

Sabine Grimm

Inhaltsverzeichnis

Vorwort	5
Der Drache bei der Rauschenburg	11
Eichhörnchen Perry im Glück	27
Die Hummelburg	34
Anglerglück	42
Der letzte Tanz	48
Ungewissheit verbindet	54
Auf Schatzsuche in der Rauschenburg	58
Das Ende des Grafen von Rauschenburg	79
Märchen	87
Sagen	91
Danksagung	94
Nachwort	95
Inhaltsverzeichnis	98
Bilderverzeichnis	100
Quellenverzeichnis	102
Literatur	103

Die Windschaukel

Am rauschenden Fluss
schaukelt das Kind
im Rauschenburger Wind.

Bilderverzeichnis

Drachenschatz	3
Die Rauschenburger	4
Rauschenburg und Hofladen Tenkhoff	8
Rauschenburg	9
Rauschenburg – Spaziergängerin	10
Drachenschatz	13
Rauschenburg – Katharina und der Drache	20
Burg und Ruine Rauschenburg v. 1908	26
Rauschenburg – Der Wind erzählt	33
Anglerglück	41
Tanz in Flammen; Ostern Rauschenburg	47
Der Rhabarber und die Erdbeere	53
Gräfte um die Rauschenburg	57
Ruine Rauschenburg	62
Kinder rudern zur Rauschenburg	63
Michael Tenkhoff rudert auf der Burggräfte	72
Wasserspiele in der Rauschenburger Gräfte	77
Legende	78

Brüderchen und Schwesterchen	86
Rauschenburg – Die Windschaukel	99
Sabine Grimm	105

Coverbild: *Tanz in Flammen*

„In bunten Bildern

wenig Klarheit,
viel Irrtum

und ein Fünkchen

Wahrheit."

Goethe

Faust I

Quellenverzeichnis

Veröffentlichte Bilder mit freundlicher Genehmigung von:

Aloys Tenkhoff, Halle,
Burg und Ruine Rauschenburg, v. 1908;   S. 26

Familie Tenkhoff,
Kinder rudern zur Rauschenburg   S. 63

Michael Tenkhoff rudert   S. 72

Wasserspiele, Rauschenburger Gräfte   S. 77

Coverbild: Gemälde der Rauschenburg aus dem Familienschatz der Familie Tenkhoff.

Rauschenburg
Familie Tenkhoff, Hofladen,
Dattelner Straße 84, 59399 Olfen,
Tel: 0049 (0) 2363/31942

info@tenkhoff.de
www.tenkhoff.de

Literatur

Ritter, Bürger, Bauersmann; Heinrich Pleticha

„Auf Schatzsuche in der Raubritterburg" in dem Buch: Als ich noch ein kleiner Junge war und in die Baumschule ging; Buch und Aufsatz von Rolf Mengelmann

„Das Ende des Grafen von Rauschenburg"; Kollmann, Adelheid, Sagen aus dem alten Vest und dem Kreis Recklinghausen

Einführung in die Sagenforschung, 3. Aufl., UVK-Verl.-Ges., Konstanz; Leander Petzoldt

Das Antwortbuch der Geschichte, Elting/Folsom

Deutsches Wörterbuch, Jacob Grimm und Wilhelm Grimm

Sabine Grimm

www.sabine-grimm.de

www.readers-feeling.de

Kultur hilft,
Würde zu bewahren
und Wandel zu bewältigen.

Band 1
Unruhige Zeiten:
Der lange Weg der Rittersleut',
in die moderne, neue Zeit

Band 2
Unruhige Zeiten:
Burg Wilbring - Heimat des Hexenwahns?

Band 3
Unruhige Zeiten:
Die Herren von Frydag zu Buddenburg

Band 4
Unruhige Zeiten:
Der Buddenburg-Mord

Band 5
Unruhige Zeiten:
Tragödie von Niering

Band 6
Unruhige Zeiten:
Die Buddenburger – Zeitzeugnisse

Band 7
Unruhige Zeiten:
Adelslinien – Die Herren von Frydag

„Impressionen – Schloss Buddenburg",
reich bebildert, mit Sprüchen und Lebensweisheiten
ausgewählt von Sabine Grimm

„Impressionen – Schloss Löringhof",
reich bebildert, mit Sprüchen und Lebensweisheiten
ausgewählt von Sabine Grimm

„Impressionen – Schloss Wilbringen",
reich bebildert, mit Sprüchen und Lebensweisheiten
ausgewählt von Sabine Grimm

„Geschichte & Impressionen – Burg Henrichenburg",
reich bebildert mit Sprüchen und Lebensweisheiten
ausgewählt von Sabine Grimm

„Sternschnuppen Schatz Sagen"
Verborgene Schätze in Westfalen
Schatzsagen und geheimnisvolle Orte

Diese Bücher sind deutschlandweit über den Buchhandel zu beziehen, teils auch in Canada und Amerika.

Neue Grimms Märchen 2014

Burggeschichten zum Vor- und Selbstlesen

Rittergeschichten zum Vor- und Selbstlesen

Poetische Burggeschichten zum Vor- und Selbstlesen

Dramatische Burggeschichten zum Vor- und Selbstlesen

Romantische Burggeschichten zum Vor- und Selbstlesen

Phantastische Burggeschichten zum Vor- und Selbstlesen

Reich bebildert in bunt und s/w.

Sabine Grimm

Mailto: look@grimmstory.de